글벗시선 195 조인형 두 번째 시집

영혼의 소릿결

조인형 시집

도서출판 글벗

시는 영혼의 소릿결이다

나는 바보인가 봐
눈만 뜨면 일어나 하품하며
책상에 앉아
붓을 잡는다

새벽 4시
아니 새벽 1시
시도 때도 없이
눈만 뜨면
눈을 비비며
이것저것 뒤적인다

잠이 보약이라는데
바보처럼 보약을 버리는 삶
나는 바보인가 봐
  - 시 「나는 바보인가 봐」 전문

　시는 영혼의 소릿결이다. 나의 가슴에서 독자에게 전해지
는 파장이라 여긴다. 선함의 마음결을 모아놓는 작업이 시

집을 묶는 여정이다.

꽃을 바라보면서 아름다움을 느끼는 마음은 그리움의 그림을 그리는 것이리라. 바로 인간 본연의 몸짓이다.

아름다움에 공감이 없는 건조한 인성은 삭막한 삶에서 서정의 고갈이 표출된 것이 아닐까? 내 삶의 뒤안길에서 무늬를 남기고 갔던 영혼의 소리를 글 기둥에 엮어 두 번째 시집으로 묶는다. 아직도 미숙함이 많아 부끄럽지만 진솔한 내 삶의 밑그림은 속일 수 없다.

시는 내 삶의 일부가 되었다. 내 생애의 흔적의 보람으로 남겨지는 벅찬 감회도 넘친다. 나의 솔직한 심정이다.

이 시를 공부하는 과정에서 사랑하는 문우들의 합평도 즐거웠다.

작은 보람이 첫눈처럼 환희롭게 쌓이는 시샘달이다. 황혼의 노을을 내 인생처럼 느껴지는 요즈음 그래도 나는 행복하다.

이 시집이 나오기까지 지도해 주신 초연 김은자 회장님과 계간 글벗 편집주간 최봉희 회장님께 감사드린다. 늘 옆에서 조언을 아끼지 않는 방서남 시인과 서금아 시인 두 문우에게도 뜨겁게 감사드린다.

2023년 4월

차 례

제2부 낙엽의 삶

제3부 행복의 길

제4부 인생은 바퀴처럼

제5부 평화를 꿈꾸며

제6부 시인의 소리

■ 서평

제5부

그리움이 아프다

물레방아처럼

톱니바퀴처럼 돌고 도는
우주의 물레방아
물방울만큼 많은 시간과
별처럼 많은 생명

나의 생명도 내 것이 아니며
우주가 가지고 와
때가 되면 되돌아가는
우주 열차를 타야만 한다

물레방아 바퀴에 안기어
어린아이인 양 잠든 내 모습
우주 열차 타고 어디론가
시냇물처럼 흘러가리라

내 마음 주머니 털 듯 비워놓으며
우주의 품속으로 삶의 무게
뜬구름처럼 가볍게 내려놓고
사막을 걷는 낙타같이
맨발로 묵묵히 정도를 걸으며
너무 실망하지도
두려워하지도 않으리라

꽃처럼 앉아

낙엽이 가버리니
외롭고 쓸쓸하다
네 모습 황혼처럼
옷 벗고 떨고 있네
몹시도
가련하구나
간들간들 보이네

하얀 눈 소복소복
나무에 핀 꽃처럼
날 보라 손짓하네
백합꽃 피었다고
소복이
나무 위 앉은
인형처럼 보이네

물빛 사랑

봄비가 물레방아처럼
소곤소곤 내려와
살며시 앉아

그리움에 먼 하늘 바라보며
추위에 사시나무 떨듯 떨며
세월 기다리는 진달래

사랑스러운 물빛
눈빛을 주네

주무시나요
이제 그만 일어나
준비하세요
붉은 꽃 노랑꽃 예쁘게
그려보세요

살며시 일어나 새색시인 듯
입술연지 곱게 바르네

봄비의 향연

메마른 골짜기
기다림이 찾아들고
개울가 시냇물이 좋아서
방실방실 춤을 추듯
휘파람 날리며

물가에 버들강아지
나풀나풀
꽃봉오리 발그레
새아씨처럼 살짝 웃음 흘리네

개울 물속 피라미
덩달아 어쩔 줄 모르고
야무지게 졸랑거린다

아침 고요 수목원

바다가 여기에 있다
산 위에 또 하나의 바다가 있다
파란 물결 돛단배
어디를 가려고 떠 있는지
둥둥 떠 있는 수목원

성모 마리아의 사랑이 넘치고
꽃마차도 달리며
천상에 온 것같이
내 가슴도 뜨거워진다

하늘에는 별이 반짝
땅에서는 반딧불처럼
어우러져 형형색색
누가 더 예쁜가
몸 자랑하느라
오늘 밤도 반짝반짝
귀엽게 수선스럽다

희망의 정원길

나뭇잎처럼 많은
불빛들이 반짝반짝
기쁨을 주는
오색 별빛 정원길

어둠이 짙어질수록
뜨거워지고
밤이 깊어질수록
더욱 밝아지는 별빛처럼
내 가슴 고동친다

들뜬 가슴
그리움 폰 심어놓고
솟아오르는 엔돌핀
잠재우며

희망과 사랑
그리움이 교차하는 곳
뒤돌아서 오는
발걸음 달구지처럼
무거워진다

그리움 찾아

달밤에 비가
방울방울 오는 날
그리움을 머리에 두르고
반짝이는 이슬빛 가슴에 안고

그리움이 사랑 찾아오기를
어린 송아지 잃은 황소처럼
'음메'하고 목 빠져라
그리워해 본다

그리움에 멍든 상처
여물지 않고
가슴에 박혀있는 응어리
그리움 기다리다 지쳐
잿빛처럼 변했네

설레는 밤

개학이라네
가슴 설레는 이 밤
지새우며
그리운 학우들
해 맑은 미소가
햇살처럼 번져오고
선생님 모습
겨르로이 다가온다

철없는 아이처럼
잠을 설치며
꿈속에서 찾고 있네

어둠이 안개처럼
사라지기를
기다리는 마음은
풍선되어
둥둥 떠돈다

그리움이 아프다

솜틀처럼 많은 세월
그리움을
가슴속 깊은 곳
다람쥐처럼 묻어 놓고

애지중지 가꾸는
나의 그리움
안개같이 사라져버린 서쪽 하늘

저녁노을 진 산비탈
시들어 있는 나뭇가지 어루만지며

소리 없는 메아리
삼켜 가며
붙잡으려고
허공을 만져 본다

붙잡을 수 없는
그리움
붉게 물들어버린
산 그림자여

삶의 열정

아픔을 새콤달콤
홍어인 듯 삼키며

눈물은 앙가슴에
살그머니 숨겨 놓고

그리움일랑 여름철
아이스크림처럼 녹여버리고

잠이란 놈 가을철
참새 쫓아 버리듯이

개으른 생각 보리밭에 까마귀같이
날려 보내버리고

흐르는 세월 잡지 못해
빈 가슴 가려 온다

봄 찾아가고 싶어요

나그네처럼 정처 없이
봄 찾아 떠나가고파요

만남의 인연
가슴에 그리움 안고
행복했던 시절
생각나네요

헤어지는 아쉬움은
영원토록
그리움이 남지요

삶의 인연은
언젠가 다하는 날이 있기 마련

즐거움 슬픔 그리움도
거품처럼 사라지는 것

꿈이 있기에
그냥 홀로 봄 찾아
떠나가고싶어요

그윽한 봄

버들강아지 너울너울
그네를 타고 있네

봄의 전령사
산수유가 노랑 모자 삿갓을 쓰고
봄 가지고 찾아왔네

넓고 푸른 잎새에
가득 담아온 봄

향기 그윽한 누룽지처럼
구수하게 맛있는 봄

오늘 밤에
봄 잔치하자고 하네

그렁저렁

찌든 삶 도시 생활
지친 몸 영혼 담아
용문산 가까이에
터 잡아 채소 심다
해마다
맑은 공기와
가는 세월 붙잡네

철 따라 바뀐 계곡
한가한 세월 보내
부질한 세상살이
욕심을 내려놓고
한 세상
그렁저렁한
가꾸는 삶 좋아라

송어야 미안해

맑은 물 청풍호수
뛰놀던 송어 잡아
비벼서 먹는 그 맛
내 입맛 향기롭네
이제야
새콤매콤한
그 풍미가 좋아라

흐르는 청풍호수
헤엄을 치는 송어
힘차게 뛰는 모습
그 모습 반가워라
송어야
미안한 마음
건강으로 지킬게

친구들과 용문산을 찾다

용문산 입구
고풍스러운 하얀 집

친구들과 함께한
곤드레밥

무엇보다 바꿀 수 없는
고귀한 시간

째깍째깍 시계 소리는
봄을 재촉하고

지난 추억에 웃음소리는
내 귀를 즐겁게 한다

버들강아지 재채기

눈보라 속에서
봄이 얼굴을 내미네

아침 햇살에 살며시
눈을 깜박거리는 버들강아지

겨울이 가버린 느낌으로
입술 곱게 바르네

산 너머 석양빛 기대어
철없는 소녀처럼
발그레 웃음 짓는다

꽃샘추위 앙가슴 에이는데
버들강아지 재채기를 하면
내 가슴까지 감기 걸리네

봄이 왔건만

봄이 휘파람 불고 있을 때
담쟁이 버들강아지 춤을 춘다

햇살에 기댄 홍매화는
수줍은 새색시처럼
발그레한 미소를 머금고

목련은 새신랑인 듯
빨간 샴페인 터뜨릴 준비를 한다

산수유는 구경꾼인 양
노란 삿갓을 쓰고
봄을 걸치고 있다

봄이 햇살처럼 익어 오니
지난 추억 아스라이
사라지는 그리움들

백발 위에 걸쳐놓고
노을 진 서산 바라보는
빈 가슴 애달프다

욕심 비워놓고

삶이 숨 가쁜 도시 생활
지친 몸 영혼 담아
용문산 자락에 터 잡았네

고추 상추 채소 가꾸며
좋은 공기 마셔가며
학처럼 청렴하게 살고파라

철 따라 갈아입은
용문산 사랑하며
한가로이 철새와 속삭이며
세월을 보내리라

부질없는 욕심은 던져 놓고
한 세상 그렁저렁 삶을
이곳에 정착하여
영혼을 가꾸리라

그리움 여울지네

두더지 굴속 같은 고속열차
후미진 곳 걸터앉아
흘러가 버린 추억을 더듬고
너를 그려보네

저세상 행복한 나라이겠지
이 세상에 남겨진 흔적들
낙엽처럼 흩어짐이 인생무상을 가르치네

삶이란 힘겨움의 버팀
안쓰럽고 애달프지 않은가

그대 그리는 마음 자락
그리움이 여울지네

화개정원에서

화개산 화개정원
연산군의 유배지
아득한 옛날
많은 백성을 보잘 것 없는
날짐승인 듯 여겼던 그를
흠모하는 듯이
재연해 놓여 있다

가슴 아픈 우리의 역사
화개산 봉수대
던져버리고
모노레일 타보지 못한 채
못내 그리움 뒤로 남겨놓았네

꿀 먹은 벙어리처럼 집으로
돌아왔네

내 사랑 찾아들고

펼쳐진 조개구름
수평선 바다 위에
너울진 은빛 물결
그리움 스쳐오네
시원한
아침 햇살 위
솟아나는 그 사랑

꽃바람 파도처럼
어디서 불어오는
그리움 밀려오듯
슬픈 삶 사라지네
시원한
바람결 타고
찾아드는 내 사랑

제2부

낙엽의 삶

우리의 만남은

우리의 만남은
어린 시절 초등학교부터 지금까지 이어온
초등학교 동창들 오늘도

여주 친구 별장에서 모였다
만나면 즐거운 친구들
다정히 앉아 장어구이에 소고기 구이
멋들어지게 속삭이는 정다운 목소리를
내 가슴 속에 담아두고
괴로울 때 꺼내서 보련다

흔적의 물결

살아간다는 것
흔적을 남기는 것이다
흔적 감추려고
모른 척 못 본척해 봐도
안개 속에 감춰진 흔적들
부끄러워
가슴에 박혀있는
노란 앙금을
유리처럼 깨끗이 씻어본들
씻어질까

가슴에 박은 대못은 뽑아버려도
아픔의 흔적만이
홀로 남아 침묵 속에
한 맺힌 가슴앓이
눈물 머금고 고통 속에
비바람 태풍이 몰아쳐도
걸어서 다 하는 종착역
그날까지 오뚝이 정신으로
소리 없이 가련다

침묵

침묵은
꾸중보다 진하다

침묵은
어두운 밤길이다

어두운 밤에
산길을
나 홀로 걸어 보아라

걸어 보면 알리라

소원 성취

일억 일천만 년
살고 있는 한탄강 기반암
날 보라 손짓하네
금강산처럼 이름다운 물결 위

정화수 떠다 놓고
낮이면 해를 품고
밤이면 별을 안아
달을 둥둥 띄워 놓고

철철이 옷 갈아입고
북녘 하늘 바라보며
눈물이 방울방울
남북이 하나 되길
소원 성취 빌라 하네.

한탄강 주상절리 길

만개한 해바라기처럼
살짝이 고개를 내밀고
윙크하는 해맑은 해님

비를 멀리 소풍 보내고
뭉게구름에 희망 걸어
둥실 둥실 두둥실

찬란하고 거룩한
한탄강 주상절리길
너희가 나와 함께
길동무하자네

어찌하오리까

어찌하오리까
가고 싶어도 가지 못하고
먼 북녘 하늘만 바라보고 눈물짓는
이 가슴 미워지나이다

보고 싶어도 못 가는 내 고향
내 땅 우리들의 강산
한탄강 저 너머 이북 땅
어찌어찌하오리까

그리운 내 강토 내 형제들
보고 싶어 눈꺼풀에
눈물방울 아롱지고
어찌어찌 살라고 하십니까

그윽한 너와 나의 눈빛

저 하늘에 별들이
서로 바라보며
반짝이는 것은
서로 좋아하기 때문이고

새들이 노래하는 것은
임을 찾은 일이고
꽃이 꽃을 바라보는
것은 누가 더 예쁜가
자랑하는 일이다

사람과 사람이 바라보는 것은
서로 필요로 하기
때문일 것이다

너와 내가 바라보는
일은 서로가 죽도록
사랑하기 때문이다

스쳐 가는 여생

서로 서로를 사랑하는 것은
이렇게 아웅다웅 속삭이며 스쳐 가는 일인 것이다

한편의 꿈결 같은 드라마처럼
잠깐 스쳐가는 삶은
서로가 애틋한 애정 속에
사랑하는 것이다

때로는 미워하며
눈가에 눈물방울 매달고
가끔은 그리워하고 사무칠 때
고통 속에 몸부림은
가슴 아픈 추억의
한 페이지 이며
소망과 바램을 꿈꾸는 삶을
살아가는 일인 것이다

살아간다는 것은 스쳐 가는 일
잠시 스치고 머물다
그리움을 안고
저 하늘에 둥실 구름처럼

흘러 너울 속으로
사라질 것이다

맑은 하늘에 먹구름 밀려온다
갑자기 태풍처럼 소용돌이치고
천둥번개 해일이 할퀴어간
무너져버린 허무한 인생길
스치고 지나갈 때 슬퍼지는 일이다

안개처럼 스쳐 지나가는 삶을
꿈과 희망과 열정으로 걷는다

가시밭 비탈길 걷는 것처럼
험난한 여정이 힘들지라도
그냥 스쳐 지나가리라

불 지른 벚꽃

햇살 곱게
떨어지는 석양길

눈부시게 하얀 꽃들이
목화처럼 달려있네

철 따라 잠깐 찾아와
나의 가슴 불질러 놓고

잠시 뜬구름인 듯
어디론가 가버릴 시간들

둥둥 떠도는 물방울처럼
사라질까 애태운다

지팡이

먼동이 찾아오는
공원의 오솔길

비틀비틀
어기적어기적

곱게 곱게 어울린
하얀 머리 노부부

너는 나의 지팡이
나는 너의 지팡이

손잡고 ㅎㅎ 웃는 모습
천사처럼 보이네

맑은 물

아침 일찍 눈을 뜨면
제일 먼저 너를 찾는다

너는 정씨
이름은 수기
내가 항상 사랑하는 수기

맑은 물 시원하게
아침저녁 시시때때로
목마를 까봐
날 위한 너의 손길
고마워 널 찾는다

청빛 공원

여기저기 작품
전시되고
그림 같은 청기와가 보이네
하늘을 보아도 그림이요
옆을 봐도 그림이요
앞을 봐도 그림이다

그림 속으로 뛰어들어
뒤돌아 보니 그림이다
온 천지가 그림으로
장식 되어 있다
저기 햇빛이 그림 속으로
폭포처럼 떨어진다.

가을 소식

나뭇잎 휘날리며
똑! 똑! 똑!
누구시죠

아! 낙엽이 벌써
가을이 오시는군요

과일들을 주렁주렁 매달고
풍년을 어깨에 둘러멘
누런 머리띠를 두른
황 장군을 모시는 계절

밉쌀이 태풍이는
살며시 놔두고
어서 오세요

한탄강에 피는 꽃

한탄강에 꽃이 피었다
종자와 시인 박물관
글벗이 가꾸는 꽃

한탄강 하면
글벗이 생각난다
시화전에 피는 꽃

보고 싶어 가련다
이번에 못 보면
언제 볼까?

글벗이 가꾸는
꽃보다 아름다운 꽃
보고 또 보고 싶다

다양한 빛깔로
아름드리 피어나
저마다의 자태를
과시하며 한가로이 손짓하네

아가야 몇 살

아가야
안녕 몇 살
세 살
참 예쁘다

귀염둥이 꼬마 신사
너만 보면 희망이 보이며
입주름에 미소가 머무네

행복이 내 몸속에서
너울거리며
내 영혼이 살찐다
너 말이야 너만 보면 행복해

아가야 잠자니

새근새근 잠 잘 자는
네 모습
성스럽고 귀여워 보인다

아가야 잠 잘 자고
일어나 태양을 보렴
희망이 보이고 꿈도 보인다

아가야 마음과 생각
육신이 모두 건강하여
태양처럼 떠오르는
별이 되어라

아가야 뭐가 될래

아가야
잘 잤니?
보고 또 보아도 예쁜 너
까르르 웃어봐 까꿍

이담에 커서 뭐가 될래
파랑새가 될래?
예쁜 앵무새가 될래?

반짝이는 별이 되어
세상을 아름답게 가꾸어주라
천사처럼 말이야

넘실거릴 거야

어둠이 가시지 않은 체
빗방울 떨어진 새벽길
많은 차량이

서로 시샘하며
마라톤 선수처럼
달리고 있다

남보다 아침 일찍 일어나
모이 찾는 참새가
맛 좋은 먹이를
많이 차지한다는
속담처럼

저기 저 차 속에는
맛스러운 누런 황금빛
과일들이 넘실넘실
거릴 거야 아마도

낙엽의 삶

가을이 찾아오면
낙엽은 연지 곤지
나는야 안 갈래요
여기서 살고 파라
널 두고
떠나기 싫어
그래도 가야 할 거야

가을이 하늘 품고
낙엽은 색동 치마
내 모습 보라 하며
열심히 춤을 추네
어느 날
바람이 급히
데려갈까 두려워

술 한 잔

한잔 술 마셔 보니
두 잔술 고주망태
술이란 먹다 보면
좋고도 나쁘구나
사는 게
그렇고 그래
한 잔 술 취해 보자

한 잔 술 마셔 보자
두 잔 술 우정으로
술친구 좋은 친구
술타령하는구나
사는 게
즐거운 행복
술 한 잔 취해 보니

봄비 사랑

그리운 골짜기에
물빛이 찾아들고
개울가 시냇물이
좋아서 춤을 추듯
메아리
날려 보내고
갯버들 춤을 춘다

해맑은 색시처럼
꽃송이 연지곤지
물가에 아롱대며
덩달아 웃음 짓고
개울 속
피라미들이
헤엄치며 춤춘다

제3부

행복의 길

새벽길

내 차는 그냥 달린다
저 차는 바쁘다

세월 따라 달려가지만
저 차는 새벽 동트기 전에 가야 한다

단풍의 물결 따라가지만
저 차는 약속이 있어 바쁘다

노래하고 즐기며 달려가지만
저 차는 비행기처럼 달리고 싶다

나도 가야 할 길
하고픈 것이 너무 많아 바쁘다

순댓국집에서

사장님
순댓국 맛있어요?
예, 예
순댓국 주세요
예

사장님
순댓국에
순대가 왜 없어요?

순대요?

붕어빵에
붕어가 들어 있나요?

보약 중에 보약

보약 중에 보약은
잠이 보약이다
잠을 푹 자고 나면
보약 한 첩 먹은 것이다

운동은 보약보다 더 보약이다
공원 한 바퀴 돌고 나면
보약 한 첩 먹는 것이다
난 오늘 보약 두 첩 먹었다

사랑을 베풀고 베푸는데
작은 실수를
용서하지 못하는 사람
용서하고 사랑을
줄 수 있는 마음은

천사처럼 보일까
바보처럼 보일까
아니다 용서하면 보약 먹는 일이다
오늘 보약 세 첩 먹었다

바보처럼

친구야 반갑다
그래 반갑다

너 보고 바보래
나 보고?
누가?
아! 그 친구가
그랬었구나

맞아
난 바보니까
바보 보고
바보라고 하는데 뭘

그 친구랑
밥 한 번 먹자
돈은 바보가 낼게

이러한 삶은
삶의 행복이 깃든다

새치기

여보세요
새치기하면 안 돼요
"좀 바빠서 미안합니다"

나도 바쁘지만
저분은
더 바쁜가 보다

그러세요
너그러운 세상
예쁜 마음으로

살기 좋은 세상 만들어 가며
서로서로 양보하며
아름답게 살자

낙엽끼리

낙엽이
짧았던 우리의 삶
시원한 봄바람 살랑살랑
불어 주던 아름다운
시절이 있었다오

태풍이 날 잡아가려고
찾아왔었지
물이 없어 목마를 때
하늘만 바라보았고
폭폭 찌던 무더위가 있었지
그 시절 하늘 보고 원망 많이 했지

그래도 그때가
꿈결처럼 좋았고 그리운 지난 시절
뒤돌아가고 싶다며
뒤안길에서 낙엽들이
소근거리네

낙엽의 희망

날씨가 춥구나
추위가 우리를 데리러 오는군

우린 너무 짧은 생애
아무 흔적 없이 사라져 가는구나

난 예쁜 꽃으로
다시 태어나고 싶어라

세상을 아름답게 가꾸며
벌과 나비와 곤충을

친구처럼 여인처럼
오순도순 속삭이고

우아한 모습으로
세상에 흔적 새기고 싶다

낙엽의 유언

나도 가야 할 때가
되었나 보다
날씨는 춥고 바람은 차가워
곧 서리가 올 것 같구나

나무야!
나는 갈 길 따라갈 테니
너무 서러워하지 말고
그리워하지 말거라
너와 나의 인연이 다 되어
헤어지는 것, 누구를 탓하리

헤어짐과 만남은
우리 뜻대로 되는 것이 아니니
어쩔 수가 없구나

나무야!
나는 비록 몸은 갔지만
타들어 가는 나의 가슴은
너의 곁에서 항상 지켜보며
우리의 사랑은 잊지 않으리

부디
천만년 건강하게
오래오래 살다가
내 곁으로 오려무나
안타까워 말고 행복해다오

낙엽의 약속

낙엽은 별로
누구를 사랑하지
않아도
거짓이 없다

낙엽은
다하는 그 날까지
나무를 사랑해주며
영원토록 약속
지켜 주려 해도

그놈의 추위
때문에
심장이 얼어 버려
떠나가는 가슴은 핏빛으로
온몸에 멍들어 있다

바람아 날 두고
그냥 스쳐 지나가려무나
하루라도 나무와
함께 하려 한다

황혼 녘

낙엽 떨어져
외롭고 쓸쓸하다 했는데

내 모습 황혼이 와
낙엽처럼 간들간들 흔들린다

흰 눈이 내려
겨울인가 했는데

내 머리 하얀 게
흰 눈처럼 변해 버렸다

곶감처럼

삶이란
모진 고통과 풍파 속에
뜨거운 태양처럼
이글거리는 불길 같은 삶

잘 참고 견뎌온
삶의 열정이 있어야만
곶감처럼
달고 은은한 향이
풍긴다

비 앓이

쏟아지는 물줄기는
폭포수처럼 퍼붓는다

아마도
은하 강의 물을 터뜨려
인간들이 더럽힌
산과 바다를 세찬 물로
깨끗이 정화하기 위하여
오늘 하루 종일
물청소하느라
바쁘다 바빠

친구야 안녕

가는 길
너무 슬퍼하지 말라
누구나

가는 길은 다르니
너도 가고
나도 갈 것이다

조금 일찍 간다고 해서
억울해하지 말라

일찍 가서
그곳 집값도 알아보고
땅값도 알아봐라

내가 가거들랑
싸고 좋은 집
찾아 주려무나

거기서 만나자
어느 때일지 모르지만…

잘 가라 친구야

어찌할까
보고 싶은 친구를
다시는 못 만나는 곳
그곳으로 갔다 하네

가는 곳 어디인지 모르지만
고생 또 고생하다
열심히 모아 놓은 것

한 푼도 써보지 못하고
가버린 친구야
불쌍토다

너무 가련토다
못 써보고 갔으니
주소라도 좀 알려주겠나

훗날 널 찾아
써보지 못한 그걸로
실컷
한잔하자구나

억새풀의 슬픔

황혼인가
나의 흔적들
어디로 갔는지 보이지 않네
어느새 훨훨 날아가 버리고

홀로 백발머리 바람에 휘날리고
다가올 추위가 걱정된다
아! 떨린다 조금 있으면
찬바람이 괴롭히겠지
나의 머리까지 다 벗겨 갈 거야

몸뚱이만 남아서
쓸쓸히 눈 오는 날 밤
눈만 깜박깜박
떠오르는 달빛만을   애타도록
기다려 보겠지
달빛에 보이는 나의 모습
예쁘게 몸단장 할거야

평화를 우리에게

살며시 웃음 짓는 평화로운 달
살짝 마음에 문을 열어 보세요

이 밤에 여인처럼
평화를 가득 싣고 찾아오시는 임

천년만년 밝은 빛 비추어
세상에 평화를 주시는 임

달님은 우리에게
평화를 주고

평화를 한 아름 가득 담아
아름다운 세상 가꾸어 가리

콩깍지

싸늘한 날씨에
따뜻하게 햇볕 드는 양지쪽에서
하늘에는 파란 하늘 구름 한 점
없는 늦가을 햇빛 아래
쭈그리고 앉아

콩깍지 따는 할머니 옆을
이름 모를 새들이
뽀로롱 날아가며
할머니 안녕 나 잡아 봐라
용용 죽겠지

모습은 풍요롭고
한편의 그림처럼
이삭 줍는 여인같이
할머니 한 분이 콩깍지를 따고 있다

늦가을 고향길

조개구름 두둥실
맑은 하늘에
햇볕이 고속도로에 깔려 있다

좋은 공기 마셔가며
햇볕을 가슴에 품고
바람을 뚫고 달려간다

늦가을에
볏짚들이 햐얀 자루에 담겨
논두렁에 한가로이
두루마리 되어 뒹군다

고속도로 양옆은
억새풀들이 너울거린다
한 마리 두루미가 하늘을 나는
모습처럼

은행나무 위 개나리꽃들이
아름답게 단장하고
나를 반긴다

행복의 길

너와 나의 사랑은
대가 없는 사랑이래요
사랑할 때 받고 싶어 하는 사랑은
사랑이 아니라네
주는 사랑이
진짜 진짜 사랑이지요

받으려고 하는 그런 사랑하지 마세요
기왕에 사랑하려면
기대하지 마세요
사랑은 주는 것이니까요

너와 나의 사랑은
대가 없는 사랑이지요
그래서 우리는
받는 사랑하지 않아요
주는 사랑 속에
기쁨이 넘치니까요

이름 없는 잡초

화장할 줄 몰라
이름없는
잡초가 되고

예쁘게 화장 하여 태어난
장미 철쭉 라일락
진달래는 꽃이라고 부른다

입술에 화장을 능숙하게 잘하면
유명 가수가 되고

혀에 화장을 감칠나게 잘해
존경받는 인물이 되고

얼굴에 화장을 장미처럼 가꾸는
여인은 천사처럼 미인이지만

난 화장할 줄 몰라
그냥 그냥
무명 잡초처럼 산다

제4부

인생은 바퀴처럼

삶의 잘못은

해는 숨어버리고
어두운 창밖에
하얀 눈이 보이며
별빛은 보이지 않고
하늘은 호빵 반쪽 같은
반달만이 반긴다
어둠은 그 한마디 고요함

정적이 흐르는 밤
우리에게 생각과
깨달음을 주고 있다
내 삶에 잘못이 있었다면
무엇일까

가슴에 스며드는 울적함을
하늘에 떠 있는
달을 보고 기도한다
뉘우치고 반성할 수 있는
쓸쓸한 겨울밤
차가운 밤이 오늘도 내 가슴을
쓸어내리고 있다

삶의 멋

흐르는 물은 멈추지 않는다
멈출 줄 모르는 물을
삶의 빛으로 아름답게 밝혀라
하루 하루를 멋지고
값지게 사는 삶이 아름답다

낙엽은 낙엽의 멋이 있고
공작새는 공작새의 멋이 있다
우리는 각기 다른 저마다의 멋이 있다

나뭇잎은 떨어지면서도
고운 낙엽이 되듯이
호랑나비처럼 춤을 추며
가뿐히 내려오듯이

우리가 가는 인생길
걸어 걸어서 가는 여행길
해탈해진 마음
낙엽처럼 가볍게

홀홀 털어버리고 내려오라

멈추지 않고 흐르는 시냇물처럼
소곤소곤 속삭이며
이 거룩한 대자연 속에
내 멋진 삶을 기대어 보라

삶

먹기 위해 사느냐
살기 위해 먹느냐

아니다
즐거움에 산다
먹는 것
살아가는 것
모두가 즐거움이 아니던가

삶이란

삶이란 항상 상식만
존재하는 것이 아니다
행복하고 아름다운 세상만이
존재하지 않는다

상식적이지 않다고 탓하지 말라
어렵다고 실망하지도 말자
불행하다고 슬퍼하지는 말자
힘차게 솟아오른 태양처럼
세상 모두에게
희망과 꿈을 안겨주자

아픔도 괴로움도 불행도
즐거움으로 승화시켜라
행복이 가만가만 다가온다
행복은 멀리 있지 않고
바로 가까이에 있기에

삶의 흔적들

사람이 살아간다는 것은 즐거움이다
즐거움 없는 삶은 허무하다

흔적을 남기는 것도 즐거움이다
흔적을 남기기 위하여
밤잠을 설치는 것도
즐거워서 하는 것이다

우리의 즐거움 때문에 살고
즐거움을 위하여 싸우고
자기만의 만족을 위하여
전쟁을 일으켜 많은 사람들을
희생시키는 불상사를 일으킨다

과연 전쟁을 해서
얻을 게 무엇일까

자기만의 만족
자기만의 영웅심 때문에
수많은 인간들이
역사 속에 어두운 흔적만

남긴 채 사라졌다

지구상에 전쟁 없는 평화를
우리 모두 사랑으로 삶을
살기를 기대한다

어두운 흔적 말고
사랑의 흔적을 찾아서

눈 내리는 길

꽃보다 화려한 백설이
나뭇가지 위에 살짝이 내려와
온통 세상에 사랑을 주고
평화를 준다

눈 내리는 비탈길
혼자라면 넘어질 거야
너와 함께라면
미끄러지지 않고

서로서로
하얀 지팡이처럼
하얀 꽃을 머리에 쓰고
평화로운 백설 꽃처럼
사랑스러운 백화처럼
한 송이 꽃이
지팡이가 되리라

아침 반신욕

눈을 비비고 일어나면
나를 불러주는 그대
제발, 건강하라며
손짓하는 상쾌한 아침

아! 시원하다.
김이 무럭무럭 솟아오른다
뜨거운 물웅덩이
가슴에 품고
출렁이는 물결로
피로를 풀어준다

훈훈한 사랑으로
뜨겁게 안아주는
반신 욕조

잡초처럼

허공을 향하여
잡초처럼 자라는
비틀어진 나뭇가지

바르게 펴고 싶다
하지만 펴기엔
너무 자란 나뭇가지들

바로잡지 못하고 커버린
그 초라한 가지가 아쉬워라

누구를 원망하리
게으른 내 탓인 것을

친구

늘 생각난다
떨어진 고무신
때 구정물이 온몸을
먹칠하고 콧물 눈물이 훌쩍이며
이슬처럼 줄줄 흐르네

아랑곳하지 않고 뛰놀던
기마전, 구슬치기,
딱지치기, 자치기 등
꿈속에 날 찾는다

안갯속처럼
아련하게 떠오르는
추억의 그림자는
날 행복 속으로 파고 든다

친구들의 방문을
설레는 마음으로 기다린다

어서 빨리 만나고 싶다

노년으로

노년으로
흘러가는 우리의 삶의 길
가는 세월
골짜기처럼 깊어질 때
우리의 추억도
아득히 깊어진다

가시밭길 태풍 속에서
견디어 온 우리의 인생길
이제는 순풍의
돛단배처럼 흘러가리라

아름다운 마음으로
추억을 먹고 살 때
결실 좋은 열매를 맺어
튼튼한 씨앗을 잉태한다

햇살 사랑

아침햇살
자동차 앞 유리를 뚫고 들어온다
살며시 사랑을 표현한다
- 춥지? 오늘은 내가 있어 따뜻할 거야

빛을 통해서
자연과 인간
지상의 모두에게
생명과 사랑을 주는 태양
우리는 그냥 공짜 선물 받는다
내 맘대로 받고
감사할 줄 모른다

바람아

겨울 바다처럼 차가운
바람이 분다
세상은 가득 바람 소리에
잠기어 고요하다

바람만이 휴우
하고 싶은 대로
소리를 지른다
바람과 함께
살아가는 우리의 삶

바람아 그만 멈추고
시원하게 불어 줄래
말 잘 듣는
그런 친구처럼

안 들려

안 들린다
예?
귀가 안 들리는 사람처럼
뭐라구요?
귀를 만진다

그래야 들리나 보다

귀를 막고 있다가
불러도 나 몰라
눈을 마주치면
예, 예
이러한 세상에서
사는 우리

세상이 무관심
옆 사람도 무관심
오직 휴대폰만 가지고 노는 삶
재미없다

가로수의 꿈

봄을 기다리며 쓸쓸히
먼 하늘 하염없이 바라본다
오뚝이처럼 서 있는 가로수
그러나 가로수에게는 꿈이 있다

봄이 오면 연두 잎새
아름답게 피어
나그네 오가는 길목에
뜨거운 태양빛을 막아주리

웃고 지나가는 여인들
즐거워하는 모습 보고 싶어
오늘도 조용히 기다리네

찬 바람아 빨리 지나가라
나에게도 꿈이 있단다

성숙한 삶

가정에서
항상 목소리 낮추고
솔선수범 내가 먼저 앞장서고

밖에 나가서 바보짓 안 하고
친구 앞에서 군림하지 않고
사회생활은 야무지게 하리라

가정에서 순한 양처럼
친구 앞에서 항상 낮은 자세로
봉사하고 고개 숙일 줄 아는

성숙한 삶은
내 영혼을 살찌게 하리라

인생은 바퀴처럼

자동차는 바퀴로
균형을 잡어야
세상에 굴러가듯

마라톤 선수가
땀방울 매달고
달리는 것처럼
풍랑에
바람같이 지나간
풍진 세월

후회도 미련도
던져버린 가슴앓이

비워 버린 삶
험난한 오솔길을 맨발로 달려간다

서산에 황혼이
지는 그날
삶의 진리도
구름처럼 사라지리

우리의 인생도
안개처럼 아득하리

부질없는 삶은
영고일취(榮古 一炊)처럼
허무하게 흘러가네

욕심, 미움, 사랑, 기쁨, 행복,
슬픔, 그리움이 허공에
그림자처럼
여운을 남기네

이루지 못한 꿈은
아름드리 붙잡고
산골짜기에
메아리처럼 흐른다

인생은 어둠 속으로 서서히
바퀴처럼 굴러가듯
흘러갈 거야

사랑의 기쁨

꽃은
기쁨과 사랑을 주네

너는 나의 사랑의 꽃
나는 너의 기쁨의 꽃

보고만 있어도
기쁨과 사랑이
넘실넘실 넘치네

단풍잎의 목소리

단풍잎은 하늘을
무한히 날고 싶어 한다
푸른 초원을 훨훨 날고 싶어 한다
무더운 여름철 모진 비바람 견뎌내며
심신을 가꾸고 꿈꾼다

예쁘게 화장하고
세월 따라 기다린다

바람아 바람아 거세게 불어다오
나를 저 멀리 저곳까지 데려다오

황혼의 단풍잎처럼
우리네 인생도
더욱 아름답고 성숙하도록

걱정 근심하지 말고
욕심 다 내려놓으라

마지막 황혼이 저물어지는 날 기쁘고 좋은 날
조물주 하느님께서 데려가기를 기다릴 거야

청풍호수

파란 물줄기
고구마 덩굴처럼
출렁출렁 뻗어 있다

호숫가에
산들은 앞가슴처럼
풍만한 산맥을 이루어
우리를 찾는다

바람에 흔들리는 것처럼
청풍호를 바라보며 타는
케이블카

오싹오싹 파르르 떨린다
떨리는 맛 그 맛을 느끼는 즐거움은
어린아이처럼 천진난만하다

별들의 숨바꼭질

맑은 공기가
어둠 속에서 조용히
꿈틀거리는 산속 펜션
고요가 흐르는 창가에
불빛만이 반짝인다

밤하늘에 별들은
어디론가 숨어버리고
날 찾아보라는 듯
아무도 없는 밤하늘에
어두운 그림자만이 너울거린다

제5부

평화를 꿈꾸며

제천의 명물 비봉산

청풍호 바라보며
짙푸른 호수 위를
날아가는 매처럼
오르락거리면서
떠가는
케이블카
오고 가고 바쁘다

연뿌리 올망졸망
청풍호가 닮았네
제천 명물 비봉산
푸른 강 바라보며
추억을
저장하는
마음이 풍요롭다

전통시장의 추억

전통시장 먹거리
맛난 떡볶이 순대
애들인 듯 한입 물고
추억 찾아 뒤져 보니

잔칫날처럼
북적거리든 옛날 모습
천막 속 정담은 흔적 없고
즐겨 찾는 막걸리 순댓국
국밥 잔치국수 동지죽
식당 안으로 기어들고

한 바구니 가득가득 보물처럼
소중히 가져온 채소 과일 보따리
할머니 정다운 듯
목청 높이는 욕 소리
사라져버린 골목길
엿장수 구성지고 흥겨운 가위질 노랫가락

옛 추억 그리움이 문득문득
가슴속 스며진다

대룡시장

고향처럼
조용한 38선 가까이 교동리
장터에 차가운 물방울
운무를 데리고
하늘이 내려오는 시간
수평선 너머 너울진 바닷가를
감추네

바닷속 해초처럼 많은 시간
아파했던 역사
비바람 끄떡없는
촛대바위인 듯한
대룡시장

올망졸망
한 폭의 그림처럼 펼쳐 있는
골목길을
어정어정 걸어서
빙글빙글 돌아보니
고향 만난 듯 그리움이
앙가슴 스며드네

나는 바보인가 봐

나는 바보인가 봐
눈만 뜨면 일어나 하품하며
책상에 앉아
붓을 잡는다

새벽 4시
아니 새벽 1시
시도 때도 없이
눈만 뜨면
눈을 비비며
이것저것 뒤적인다

잠이 보약이라는데
바보처럼 보약을 버리는 삶
나는 바보인가 봐

기다림

겨울이 순식간에 허물어지고
봄은 찾아왔건만
떠나가 버린 그리운 임은
올 기약이 없네

먼 산 아지랑이
아물아물 임처럼 보이고
올 기약이 없네

먼 산 아지랑이 제비처럼
너울거린다

봄비 기다리는
개나리는
노랑머리 물들이고
호랑나비
찾아들기를
눈 저리게 기다린다

씨앗의 비애

봄바람이 단잠을 깨우네
깨기 싫다
따뜻한 봄 새싹들이 나를 짓밟고
나의 몸을 찢고 나와
내 몸뚱이를 발판 삼아
솟아오르겠지

나는 온몸을 불사르며
새싹에게 모든 걸 다 주고
물안개처럼 사라지겠지

지난가을 산들바람
품에 안겨 너울거려
마가목 같은 사랑의 열매
서산에 노을 베고
행복을 듬뿍 마셨지

그 시절 그리움을 가슴에
품고 한 점 흙이 되어
온 누리 밑거름이 되리라

추억의 시골 장터

세상에 태어나서
맨 처음 가본 장터
시골장 이것저것
볼 것도 참 많아라
어느새
내 뱃속에서
파도가 출렁출렁

어쩔까 걱정 속에
내 옷이 흠뻑 젖어
구경도 못 해보고
후루룩 달려왔네
보고픈
추억 시골장
그리워라 그 시절

봄을 아는가

그대는 봄이
오는 줄 아는가
봄이 오는 줄
사랑이도 알고 있으련만

그대만이 모르고
한 송이 꽃이 되어
먼 하늘만
응시하고 있겠지

추워도 더워도
기쁨도 슬픔도
그리움일랑
삼켜 버리고

가슴에 피는
백합꽃인 듯
그대의 그림자를 곱게
안고 가련다

청풍호수(2)

저 맑은 청풍호수
골짜기 산속 펜션
고요한 창가에서
불빛만 반짝반짝
별들은
꼭꼭 숨어서
나를 찾아보라 하네

저 푸른 청풍호수
안개 낀 산골짜기
찬 공기 펄럭펄럭
휘파람 구성지네
아무도
없는 밤하늘
춤을 추는 그림자

시인이잖아요

우리는 시인이잖아요
사랑해요 모두를
미워하지 말아요

지나간 시간
서운했던 것
미워했던 것
서로서로 용서하고
이해하고 살아요

비 온 뒤, 땅이 다져지듯
손에 손잡고
용서하고 웃으면
행복이 찾아와요
우리는 시인이잖아요

긴 여행길

외롭지 않을 거야
혼자면 슬프겠지
둘이면 웃음 짓고
가는 길 행복하네
그림자
둘이라 좋다
너만 보면 행복해

혼자면 어떡하지
쓸쓸히 외롭겠지
둘이라 즐거웠다
너와 나 행복 찾아
여행길
서로 손잡고
행복하게 웃자네

익은 사랑

말없이 펼쳐지는
바다 위 물결 따라
내 사랑 향기 풍겨
그리움 진한 향기
영혼의
그늘진 샘물
사랑의 싹이 돋네

뜨겁게 불어오는
그리움 젖어 들고
열풍은 파도처럼
내 사랑 적셔온다
영혼의
슬픔 사라져
파도치는 그리움

그리움에 잠기네

높은 하늘의 조개구름처럼
수평선 은빛 물결 위엔
그리움이 일렁이고

삶의 그 늘진 그림자는
사랑이 향기로 피어올라
저 멀리 퍼져나가네

어디선가 불어오는 봄바람에
그리움은 한 송이 꽃이 되고
슬프디슬픈 삶이 사라질 때
그리움에 잠기네

조건 없는 사랑

좋아하는 것은
갖고 싶은
욕심이다

그러나
사랑하는 것은
조건 없이
나누는 삶이다

추억의 소식

추억의 그리움이 양지바른
골짜기 따라 찾아들고
가슴속 가장자리
촛대바위처럼 솟아오른다

무너져버린 심장
아픈 가슴 달래주듯
한 줄기 차가운 불빛은
가슴에 아른거린다

아직 봄은 아득하다
소식 찾아 기다리는
그리움이 내 가슴을 감싼다

추억을 붙잡고

물 안개비가 꽃바람 타고
대룡리에 찾아들고
운무처럼 아득한 역사를
붙잡고 있는 시장 거리

추억에 굶주린 자여
시간을 아까와 말라
추억에 고향 소식
교동에서 만나보라 하네

상현달

호떡처럼
한입 물고 삼켰더니
홀쭉이 되었네

어찌나 조각달
배고파
서러워 눈물 뿌리네

평화를 꿈꾸며

보조개 웃음 짓는
보름달 평화롭네
한밤에 여인처럼
마음에 문을 열며
사랑을
가슴에 싣고
임을 찾아 오셨네

밝은 빛 천년만년
고운 빛 밝은 마음
세상에 사랑 안겨
평화가 찾아오네
한 아름
가슴속 담아
꿈꾸는 삶 가꾸리

수면의 복

너 때문에 의연한 내가
가슴에 진한 꿈 새겨 놓고
청계산 봉우리를
철새처럼 날갯짓한다

어린아이인 듯
자고 싶을 때
잠잘 수 있다는 것은
행복이다

편한 마음 욕심 없는
삶을 사는 것
축복이다

잠 잘 자고
지친 몸 재충전은
삶에 활력소다

외로운 나무

낙엽 진 나뭇가지
잎새를 보내놓고
나 홀로 쓸쓸함에
그리움 가득 담네
앙상한
나뭇가지에
흔들흔들 바람결

머나먼 남쪽 하늘
봄소식 그리워서
낙엽만 바라보다
쓸쓸한 미소짓네
겨우내
지새운 밤에
의연하다 그 모습

어버이섬 독도

물결 위 아스라이
외롭고 쓸쓸한 섬
사랑과 희망으로
찾아간 어버이섬
영원히
피눈물로써
독도 마음 품으리

해풍과 비바람에
모질게 견디어온
소중한 어버이 섬
깨끗이 보존하리
영원히
지켜온 약속
나의 사랑 지키리

제6부

시인의 소리

당신

시 조인형
손글씨 이양희

꽃보다
아름다운 것은
사랑

사랑보다
아름다운 이는
당신

당신이
그냥 좋아요

당신

– 시 조인형, 손글씨 도담 이양희

꽃보다
아름다운 것은
사랑

사랑보다
아름다운 이는
당신

당신이
그냥 좋아요

시인의 소리

시 조 인형
초록씨이 양희

시인이잖아

웃어봐~
웃겨봐~

마워하지 마
사랑 밖에 몰라~

Janghee

시인의 소리
- 시 조인형, 손글씨 이양희

시인이잖아

웃어봐
웃겨봐

미워하지 마
사랑밖에 몰라

동행

시 조인형
캘리그 이양희

함께라서
외롭지 않아요

혼자라면
슬프겠지요

혼자가면
울면서 갈 거야

그림자가
둘이라서 좋아요

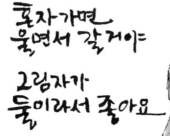

동행

- 시 조인형, 손글씨 이양희

함께라서
외롭지 않아요

혼자라면
슬프겠지요

혼자 가면
울면서 갈 거야

그림자가
둘이라서 좋아요

추억의 그림자

조인형

친구의 그리움을
가슴속에 아두고
옥이의 불필요한
욕심은 달레붙네
되돌아
서는 그 순간
느끼기는 허무함
추억의 그림자는
허허히 사라졌다
그리움속 돌돌아 와
가슴속 愛

바보처럼 웃음을짓고
지난날 그리칠벗가

추억의 그림자

\- 시조 조인형, 손글씨 려송 김영섭

친구의 그리움을
가슴 속 담아두고
육신의 불필요한
욕심은 땅에 묻네
되돌아
서는 그 순간
느껴지는 허무감

추억의 그림자는
서서히 사라졌다
그리움 되돌아와
가슴 속 애태우네
지난날
그 시절 생각
바보처럼 울었다

사랑

시 조인형
손글씨 이양희

때리는
이

마음 아플까
걱정해 주라-

그리하면
변화가 찾아올 것이다

사랑

\- 시 조인형, 손글씨 이양희

때리는
이

마음 아플까
걱정해 주라

그리하면
변화가 찾아올 것이다

시에 담긴 사랑의 전율과 행복

– 조인형 시집 『영혼의 소릿결』을 읽고

최봉희(시조시인, 평론가, 글벗 편집주간)

어떤 시가 좋은 시일까? 오랜 시간 동안 많은 문학인과 독자들을 만나고 얘기할 때마다 늘 강조한 얘기가 있다.
"시는 전율하는 힘이 있어야 한다."
좋은 시는 분명 전율을 주는 힘이 있다. 우리는 자연에서 혹은 삶 속에서 생의 전율을 느끼라고 충고한다. 우리의 삶에서 가장 전율을 많이 주는 것이 무엇일까? 연애, 춤, 음악 등이 아니겠는가.
시는 정신적으로 전율을 느껴야만 나올 수 있다. 시를 쓰려면 전율할 줄 아는 힘을 가져야 한다. 시의 표현과 기교는 차차로 연습을 할 수 있지만, 감동과 전율은 연습할 수 없다.
미국의 철학자이자 수필가이며 시인인 헨리 데이비드 소로(Henry David Thoreau, 1817.7.12.~1862.5.6,)는 이렇게 말한다.
"떠오르는 아침 해를 보고 전율하지 않는 사람은 한물간 사람이다. 오래 살고 싶으면 일몰과 일출을 보는 습관을 가지라"

오늘 조인형의 두 번째 시집 『영혼의 소릿결』을 읽으면서 '시에 담긴 사랑의 전율과 행복'을 생각할 수 있는 시간을 가질 수 있었다. 그의 시에 등장한 사랑이란 시어는 67회 등장한다.

아가야
안녕 몇 살
세 살
참 예쁘다

귀염둥이 꼬마 신사
너만 보면 희망이 보이며
입주름에 미소가 머무네

행복이 내 몸속에서
너울거리며
내 영혼이 살찐다
너 말이야 너만 보면 행복해
– 시 「아가야 몇 살(3)」 전문

좋은 시를 쓰려면 어떤 요건을 갖춰야 할까?

첫째, 꾸밈이 없는 시를 써야 한다. 설명하지 않아도 되는 글, 공간만으로도 전해지는 감성이 있는 글, 그것이 시의 매력이다. 시를 쓸 때는 기성 시인의 풍을 따르지 말아야 한다. 다른 사람이 하지 않는 이야기를 해야 한다. 우리가 사는 삶 속에서 모든 것은 시의 소재가 될 수 있다. 시의 재료가 되는 느낌들을 많이 가지고 있게 되면 시를 쓰는 어느 날 그 감성이 나도 모르게 튀어나오게 마련이다.

 다만 유의할 것은 시는 관념만으로 되는 것이 아니다. 관념보다 더 구체적인 형상으로 구현될 때 시가 될 수 있다. 그 때문에 묘사하는 연습을 많이 해야 한다.

> 가정에서
> 항상 목소리 낮추고
> 솔선수범 내가 먼저 앞장서고
>
> 밖에 나가서 바보짓 안 하고
> 친구 앞에서 군림하지 않고
> 사회생활은 야무지게 하리라
>
> 가정에서 순한 양처럼
> 친구 앞에서 항상 낮은 자세로
> 봉사하고 고개 숙일 줄 아는
>
> 성숙한 삶은
> 내 영혼을 살찌게 하리라
> – 시 「성숙한 삶」 전문

둘째, 시는 경험을 바탕으로 쓴 글이어야 한다. 시는 경험의 밑바탕에 있는 단단한 생각에서 나오는 것이다. 이때의 경험은 구체적 언어를 이끌어내 준다. 단지 감상만을 갖고 시가 될 수 없다. 좋은 시는 감상을 넘어서야 나올 수 있다. 시는 개인의 경험으로부터 시작한다. 다만 그 경험이 개인을 넘어서야만 감동을 줄 수 있다. 감상적인 시만 계속해서 쓰면 '나'에게 갇히게 된다. 그러므로 '나'를 넘어선 '나'만의 시를 써야 한다. 단, 시를 쓰는 일이란 끊임없이 진정한 나를 찾는 일이다. 아울러 누군가에게 힘이 되는 일임도 기억해야 한다.

숲 사이
솔솔 부는 바람결에
황혼의 낙엽
숲속에 숨어서
살며시 속삭인다

한 편의 드라마처럼
살아온 우리 삶
그리움이랑
슬픔이랑
미련을 단풍나무 가지 위 걸쳐놓고
뒤돌아보지 말라 하네

비록 지난 세월

서럽고 애달픈
눈물겨운 사연이 있을지라도
황혼 길에
호랑나비처럼
까치 색동저고리 입고
멋 부리며

아름다운 낙엽이 되어
저 멀리 날갯짓하며
웃는 모습으로
달콤한 사랑을 싣고
훨훨 춤을 추듯 날아서

둥실 구름처럼
둥둥 물 위에 떠
물결 속으로
한가로이 흘러가리라
― 시 「낙엽의 삶」 전문

 자신의 삶을 낙엽의 삶에 비유하여 표현하고 있다. 칠순
의 삶을 거치면서 살아온 경험을 토로하면서 호랑나비처럼
까치 색동저고리를 입은 아름다운 낙엽이 되고 달콤한 사
랑을 싣고 훨훨 춤을 추듯 날아가겠다고 한다. 얼마나 아
름다운 몸짓인가. 어쩌면 자유로운 영혼으로 살기를 원하
는 것이 아니겠는가.

후회도 미련도
던져버린 가슴앓이

비워 버린 삶
험난한 오솔길을
맨발로 달려간다

서산에 황혼이
지는 그날
삶의 진리도
구름처럼 사라지리

우리의 인생도
안개처럼 아득하리

(중략)

인생은 어둠 속으로 서서히
바퀴처럼 굴러가듯 흘러갈 거야
– 시 「인생은 바퀴처럼」 중에서

 예술의 힘, 시의 힘은 바로 이 완전한 자유의 힘이 아닐
까? 틀을 깬 상태, 즉 완전한 자유를 추구한다. 어떤 틀에
사로잡혀 있는 생각, 붕어빵의 틀에 이미 찍혀 나온 글은
시가 아니다. 시는 그런 틀을 깨는 연습에서 시작해야 한
다. 그래서 시는 상투적인 언어에서 벗어나 '낯설게 하기'

기법에서 비롯된다. 끊임없이 새로운 도전으로 새로운 시
어를 찾아서 긴장을 살려 나가야 한다.

먼동이 찾아오는
공원의 오솔길

비틀비틀
어기적어기적

곱게 곱게 어울린
하얀 머리 노부부

너는 나의 지팡이
나는 너의 지팡이

손잡고 ㅎㅎ 웃는 모습
천사처럼 보이네
– 시 「지팡이」 전문

노년의 삶을 지팡이에 비유한 시는 서로 의지하는 노부부
의 모습을 천사로 바라본다. 경험에서 우러난 발상이다. 그
표현이 싱그럽다. '낯설게 하기'의 기법이 흐른다.
또한 시는 침묵의 기술, 생략의 기술도 필요하다. 다음의
시를 감상해 보자.

침묵은

꾸중보다 진하다

침묵은
어두운 밤길이다

어두운 밤에
산길을
나 홀로 걸어 보아라

걸어 보면 알리라
- 시 「침묵」 전문

  프랑스 시인 발레리는 "이 세상에 많은 건축이 있지만 "침묵의 건축, 이야기하는 건축, 노래하는 건축"이 있다고 했다. 시는 바로 침묵의 건축이다. 시인이 모두 다 말해 버리면 재미가 없다. 호기심도 사라진다. 시와 노래의 차이는 그것이 침묵인가 아닌가의 차이에 있다. 노래에는 침묵이 없다. 모두 다 할 말을 다 말해 버린다. 시는 감상만이 아니다. 우리를 긴장시키는 어떤 힘이 있다. 만약 설명하려다 보면 감상의 넋두리로 떨어져 버리게 된다. 그래서 시인은 침묵의 기술을 익혀야 한다. 그 침묵의 기술은 독서에서 비롯되는 것임은 자명한 일이다.
  "침묵하는 부분이 많을수록 그 시는 성공할 것이다."
  프랑스 상징주의를 대표하는 시인이며, 언어의 마술적 사용으로 널리 인정받은 말라르메가 한 말이다. 이 글에는 자신이 말로 설명하지 않은 수많은 의미가 담겨있다. 그러나 침묵의 기술을 익히려면 많은 연습이 필요하다. 많이 쓰고 또 그만큼 많이 지워야 한다. 어쩌면 시인이 살아간다는 것은 시를 쓰는 일이고, 흔적을 남기는 일이다. 가슴을 박는 아픔이 있어도 시인은 침묵 속에서 고통 속에서 한 맺힌 가슴 앓이를 시로 표현한다.

> 가슴에 박은 대못은 뽑아버려도
> 아픔의 흔적만이
> 홀로 남아 침묵 속에
> 한 맺힌 가슴앓이
> 눈물 머금고 고통 속에
> 비바람 태풍이 몰아쳐도
> 걸어서 다가가는 종착역
> 그날까지 오뚝이 정신으로
> 소리 없이 가련다
> – 시 「흔적의 물결」 일부

시인이 흔적을 남기는 것은 영혼을 아우르는 일이다. 그래서 영혼의 소릿결이다. 언젠가 도착할 인생의 종착역을 향하여 시인은 흔적을 남긴다. 힘겹고 고통스러워도 우리는 오뚝이처럼 소리 없이 일어선다. 그리고 시를 쓴다. 시인은 침묵하면서 시를 쓰고 읊으면서 세상을 읽는다.

시인이잖아

웃어봐 /웃겨봐

미워하지 마 / 사랑밖에 몰라
    - 시 「시인의 소리」 전문

 시는 삶의 일부로 표현되는 법이다. 시를 쓴다는 것은 삶
의 흔적을 사랑으로 살피면서 보람으로 느끼는 벅찬 감회
도 있다. 그래서 시인의 소리는 사랑밖에 모른다.

    때리는
    이

    마음 아플까
    걱정해 주라

    그리하면
    변화가 찾아올 것이다
    - 시 「사랑」 전문

 시인은 사랑을 이렇게 정의한다. "사랑은 때리는 이 마음
아플까 걱정해 주는 것이다. 그리하면 변화가 찾아올 것이
다."
 "당신을 사랑한다"는 고백은 "나는 당신을 위해 이렇게
변하고 있다"는 사랑의 고백이 동반된다. 왜냐하면 사랑은
제자리에 머물러 있지 않기 때문이다. 가만히 있으면 불같

이 뜨거운 사랑도 금방 꺼지기 때문이다. 끊임없는 배움의 길, 이것이 바로 사랑의 길이다.

그래서 시인은 배움으로 새로워져야 한다. 자신에게 사랑이 있는지 없는지 알 수 있는 가장 좋은 방법은 '무언가를 알기 위해 노력하고 있느냐'하는 것이다.

조인형 시인은 칠순의 나이를 훌쩍 넘었음에도 언제나 시 쓰기 공부를 지속적으로 하고 있다. 그 가운데서 독자들의 평가도 받고 문우들의 합평도 즐긴다.

> 아가야
> 너 참 예쁘다
> 귀엽다
>
> 항상 지금처럼
> 행복하게 살아라
> 웃는 모습이
> 천사 같구나
>
> 어디 천사가 따로 있니?
> 네가 천사이고
> 행복의 등불이란다
>
> 너의 아빠 엄마의 꽃이고
> 꿈이고 희망이고
> 축복이란다
> 아가야 세상을 향해서

더 크게 웃어봐
— 시 「아가야 웃어봐(1)」 전문

　우리의 미래는 밝은 정도가 아니라 행복이 되고 축제가 되어야 한다. 아이의 걸음마 하나도 저절로 되지 않는 법이다. "엄마, 아빠"라는 말 한마디도 그냥 터지지 않는다. 아이가 나름대로 신기해하며 배워서 익히는 것이다. 배움을 기뻐하는 사람은 당할 사람이 없다.
　삶을 사랑하는 삶이 행복한 삶이다. 황혼의 노을을 내 인생처럼 느끼는 시인은 사랑을 말하고 행복을 찾는다. 그래서 그의 시는 영혼의 소릿결이다. 시인의 말대로 가슴에서 독자에게 전해지는 파장이기 때문이다. 사랑의 마음결, 행복의 마음결을 모아 놓는 작업이 어쩌면 시집을 묶는 여정이기도 하다.
　꽃을 바라보면서 아름다움을 느끼는 마음은 그리움의 그림을 그리는 것이고 자연을 바라보면서 깨달음을 얻는 것도 바로 인간 본연의 몸짓이다.

　　사랑은 주는 걸까?
　　받는 걸까?

　　사랑이란
　　이런 것
　　사랑은 주고 또 주어도
　　끝이 없는 것

사랑은 받아도 받아도
또 받고 싶은 것

사랑은 줄수록
더 많이 더 많이
보채는 것이
사랑인가 봐
 - 시 「사랑이란」 전문

 조인형 시인은 "사랑은 주고 또 주어도 끝이 없는 것, 받아도 또 받고 싶은 것"이라고 말한다. 시인은 본인의 시에 대한 사랑도 크지만, 독자의 사랑을 갈구한다. 그런데 역설적으로 시인은 갈구하는 사랑은 사랑이 아니라고 말한다.

너와 나의 사랑은
대가 없는 사랑이래요
사랑할 때 받고 싶어 하는 사랑은
사랑이 아니라네
주는 사랑이
진짜 진짜 사랑이지요

받으려고 하는
그런 사랑하지 마세요
기왕에 사랑하려면
기대하지 마세요
사랑은 주는 것이니까요

너와 나의 사랑은
대가 없는 사랑이지요
그래서 우리는
받는 사랑하지 않아요
주는 사랑 속에
기쁨이 넘치니까요
- 시 「행복의 길」 전문

  진정한 사랑은 '받는 사랑', '기대하는 사랑'보다는 '대가 없는 사랑', '주는 사랑'을 소망하는 것이다. 참다운 행복의 길은 주는 사랑 속에서 기쁨이 넘치는 사랑이란 것이다.
  어쩌면 사랑은 한 방향 바라보기가 아닐까? 성숙한 사랑은 마주 보는 사랑이 아니라 미래의 한곳을 향해 눈길을 주는 것이 아닐까? 다시 말해 마주 보는 눈길을 돌려서 함께 한 방향을 바라보는 것이리라. 사랑은 같이 보고 함께 걷는 것이다.
  시인은 삶의 뒤안길에서 시를 통해서 글 무늬를 남기는 영혼의 소리를 두 번째 시집으로 묶었다. 삶의 밑그림을 있는 그대로 진솔하게 그렸다.
  시는 시인의 삶의 일부가 되었다. 삶의 흔적의 보람으로 남겨지는 벅찬 감회도 넘치리라.
  조인형 시인의 두 번째 시집 「영혼의 소릿결」 출간을 진심으로 축하한다. 계속적으로 사랑이 담긴 아름다운 영혼의 소릿결을 기대한다.
  시인의 행복한 건강과 문운이 창대하기를 기원한다.

■ 글벗시선 195 조인형 두 번째 시집

영혼의 소릿결

인 쇄 일 2023년 4월 24일
발 행 일 2023년 4월 24일
지 은 이 조 인 형
펴 낸 이 한 주 희
펴 낸 곳 도서출판 글벗
출판등록 2007. 10. 29(제406-2007-100호)
주　　소 경기도 파주시 와석순환로 16,(야당동)
　　　　 롯데캐슬파크타운 905동 1104호
홈페이지 http://guelbut.co.kr
E-mail　 juhee6305@hanmail.net
전화번호 031-957-1461
팩　　스 031-957-7319
가　　격 12,000원
I S B N 978-89-6533-253-4 04810